NICOLÁS MAQUIAVELO

(1469-1527)

Biografía Breve

Óscar René Cruz

IDBCOM

Nicolás Maquiavelo

Biografía Breve

Autor: Óscar René Cruz

josercrevueltas@idbcom.com
www.idbcom.com

(Edición en español).

Contenido

Epígrafe

El fin justica los medios.

Nicolás Maquiavelo

Prólogo

Hay muy pocos hombres en la historia de la humanidad que con sus escritos han creado conceptos que los han trascendido y universalizado convirtiendo a sus apellidos en sinónimos de éstos. Uno de ellos es el Marqués de Sade, que con sus escritos crea el concepto de sadismo, no es que la obtención de placer de una persona derivado del dolor de otro ser vivo no existiera antes de Sade, quizá porque ese hecho ha existido siempre, y es algo que la sociedad no quería ver ni aceptar. Sade con sus escritos los saca a la luz, conmocionando y escandalizando a sus contemporáneos.

Lo mismo aconteció muchos años antes en la Florencia renacentista con Maquiavelo, que con sus escritos describe el que hacer de la política, crudamente como si fuera un juego, que sirve de instrumento para conducir a los pueblos, a los Estados, de la mejor manera posible dada la condición humana. Su intención es siempre política. De lucha por el poder descarnado y sin adjetivos, de aquí que sus críticos le acusen de no ver que los medios perversos conducen a fines perversos, pero esto sería posible si el punto de partida se diera en una sociedad inicialmente justa, conformada por hombres sin apetito de dominio, sin ambición de poder y honores. Y ocurre que los cambios se dan solamente en la lucha de contrarios, ambiciosos ambos. Nunca el poderoso queda bien con todos, al cobijar a unos descobija a otros, y para seguir adelante a estos últimos hay que descobijarlos del todo, de manera que no entren a luchar de nuevo. Con el tiempo el término Maquiavelo se convirtió en un adjetivo que se emplea para indicar las acciones o actitudes de astucia, engaño y doblez que emplean algunas personas a fin de lograr un propósito específico sin importar los medios empleados para alcanzarlo.

José René Cruz

NICOLÁS MAQUIAVELO

(1469-1527)

La infancia

Nicolás Maquiavelo es un hombre del Renacimiento como lo fueron Leonardo da Vinci, Miguel Ángel Bounarroti y Rafael de Sanzio, pintores y escultores geniales que iluminaron con sus obras aquel renacer. Maquiavelo, aunque se le reconocen méritos literarios y poéticos, no es un artista sino un político que integró la práctica con la teoría a partir de un perspicaz conocimiento de las pasiones e inteligencia del ser humano. De los hombres de aquella época gloriosa es Maquiavelo el más mencionado de todos, a través de los siglos, aunque en la mayoría de los casos con los lugares comunes del prejuicio y la ignorancia.

Sería imposible aislar a Maquiavelo de la sociedad y de la época a la que perteneció y dio lustre a la vez. Por extraordinarias que fuesen sus dotes naturales, necesitaba él, como cualquier otro talento, de un contexto social y espiritual que permitiesen su desarrollo. Nada, entonces, podía haberle sido más propicio que Florencia en el apogeo del Renacimiento, así como las grandes ciudades que guerrearon por alcanzar la hegemonía de lo que ahora es Italia y vecinos que deseaban expandirse como Francia e Inglaterra.

Los hechos más importantes que enmarcan aquel momento histórico son: el descubrimiento de la redondez de la tierra y la revaloración del hombre que, yendo de la mano, dieron origen a la expansión de la libertad mental y física de los seres humanos. Pareció entonces no haber frenos para la imaginación, lo que permitió a cada uno medir su audacia y capacidad. Se descubrieron nuevas tierras y culturas (en América y el sur de África) al mismo tiempo que se escudriñaban el cielo y las estrellas.

Bajo esas circunstancias nació Nicolás Maquiavelo en la ciudad de Florencia, el 3 de mayo de 1469, pocos años antes de Lutero (1483-1546) y de su paisano Leonardo da Vinci (1452-1519). Su familia tenía antecedentes muy conocidos desde el siglo XIII: formaba parte de un clan poderoso que conservaba vínculos que le permitían el ejercicio de cargos públicos influyentes.

El padre de Maquiavelo era un renombrado doctor en leyes con pocas riquezas y muchas deudas; vivía con limitaciones económicas administrando sus pocas propiedades inmobiliarias. Era un profesional en bancarrota, a quien acosaban sus acreedores. De hecho, se le consideraba miembro indeseable de la comunidad de Florencia.

Nicolás Maquiavelo habría de escribir años más tarde que había aprendido a trabajar antes que a disfrutar incluso del producto de su propio trabajo, que había laborado sin detenerse a pensar si era de su gusto o no. Su visión del padre está escrita en múltiples papeles personales: acertada y justa, pero sin renegar de él. Por su sagaz conciencia no tenía una visión de su padre distorsionada por el afecto ni por los sentimientos o el deber de honrarle.

Rara vez se engañaba con respecto a sí mismo; y en cuanto a sus padres los juzgaba con honestidad y justicia, objetivamente.

Debido a la pobreza paterna Nicolás no tuvo una educación de calidad (sabía más que sus profesores y mentores). Maquiavelo aprendió latín por su cuenta, fue un notable autodidacta. Estudiaba más en su casa que en las escuelas a las que pudo asistir.

La autoeducación personal e íntima, lo salvó de caer en las fallas y exageraciones de la educación humanista de su tiempo, desarrollando así una sólida originalidad de pensamiento y una fuerza incomparable en un estilo muy personal, elaborado, pero sencillo y comprensible; elevado y a la vez de enorme raigambre popular; consecuente con la situación de ser, en toda la extensión de la palabra, un ilustre florentino del Renacimiento.

El político

En el año de 1498, después de los cambios en la administración gubernamental de Florencia, que siguieron a la ejecución de Jerónimo Savonarola (1452-1498), monje dominico, predicador de oratoria fogosa y convincente, extremista exaltado, dogmático y férreo, que estableció en Florencia un régimen teocrático popular, a favor cristianamente de los pobres, de los humildes; por tanto, fue quemado por hereje en la hoguera en 1498. Con su muerte vino una reacción que trató de preservar los intereses de los clanes conformados en el pasado. Justo entonces en ese mismo año, Nicolás Maquiavelo fue nombrado jefe de la Segunda Cancillería de Florencia, cuando tenía 29 años edad. Si se tiene en cuenta que la administración de Florencia estaba a cargo de dos Cancilleres, aunque la primera era la principal, Maquiavelo había accedido a uno de los más altos puestos en el gobierno de la Ciudad Estado.

Es de suponer que su aparición en tan elevado rango tiene que ver con la lucha interna que se desarrolló en contra de Savonarola, en la cual Maquiavelo debió jugar un gran papel, porque hasta entonces, para ocupar un lugar tan destacado, se exigía el cumplimiento de una carrera administrativa que Nicolás ni siquiera había iniciado. Del modo que haya sido —y aquí cabe imaginar que Maquiavelo puso en práctica, en su propio beneficio, las geniales ideas sobre política que luego nos legó—, tomó posesión del cargo con la aprobación de los poderes de Florencia. Su oficina, en principio, solamente debía ocuparse de los asuntos internos de la Ciudad-república, pero Maquiavelo recompuso sus atribuciones de manera tal que pronto le dieron acceso al rango de miembro permanente del célebre Concejo de los Diez. Por tanto, aumentaron sus responsabilidades y con ello su poder y los privilegios y el fuero que correspondía a un magistrado ejecutivo.

El diplomático

Maquiavelo, como miembro del Concejo Supremo del Gobierno de la República, amplió su autoridad agregando a sus responsabilidades las de los asuntos de guerra y de defensa. Además, Maquiavelo, como todos los cancilleres, tenía obligaciones y privilegios diplomáticos. Se le envió en diferentes misiones ante cortes extranjeras. Destaca su misión diplomática, política y comercial en las cortes de Francia en el año de 1500.

Los cinco o seis meses que duró su misión más allá de los Alpes, enriquecieron obviamente su experiencia y sus habilidades, su perspicacia y sus condiciones personales, con el conocimiento de la idiosincrasia y hábitos de gobierno de la entonces nación más poderosa de Europa, controlada totalmente por la férula impositiva y absolutista de un solo monarca, de un sólo y católico príncipe reinante, cuyo mando era incuestionable.

A su regreso a Florencia Maquiavelo encontró suficiente que hacer. Las impresiones de los viajes diplomáticos y políticos eran tantas y tan profundas, que su mente bullía por tratar de llevar a cabo modificaciones sustanciales en la administración pública, no a la manera de Savonarola sino mediante innovaciones que por su eficiencia convencieran a las personas ubicadas en los puestos que podían llevarse a cabo. Había pues mucho por hacer sobre todo en ese momento cuando Florencia se encontraba al borde de la quiebra financiera, como resultado de la ambición de César Borgia, que estaba empecinado en crear un principado florentino para sí mismo, que estratégicamente le diera el control del centro de la actual Italia. Maquiavelo entonces puso manos a la obra y comenzó a dictar y dirigir cartas y documentos importantes a la Cancillería de la república, asumiendo funciones que no se le habían recomendado, pero que, en virtud de la ingente necesidad del momento histórico, asumía con entera conciencia de sus actos. Maquiavelo surgió en donde fuese necesario para frenar y contener las ambiciones de los Borgia. Siempre se mantuvo en primera línea de actuación, aún a riesgo de su vida, afrontando el peligro de muerte con gran serenidad.

En la vida diplomática debió aguzar su capacidad de observación, de relacionar hechos e informaciones, conocer los caracteres de los actores políticos y someter esas experiencias al análisis, para derivar conclusiones útiles a su ciudad y para su propia causa, pues a la vez de ser el sujeto observador era también un sujeto actuante. La práctica y la teoría se unificaban en su pensamiento creativo. A esto se le llamó praxis muchos años más tarde. Maquiavelo era una personalidad penetrante que diseccionaba con realismo la naturaleza humana, en el bullir de la vida cotidiana.

Primeros escritos

Se decidió a enfrentar los riesgos de escribir textos políticos que se difundieron entre letrados y el populacho algo ilustrado de la ciudad. Su primer escrito Sobre el modo de negociar con los rebeldes de Vakdichiana fue impreso en 1503. Aquí enuncia ya el principio fundamental de toda la nueva filosofía política de Maquiavelo: el mundo está habitado por seres humanos que siempre han tenido y tienen las mismas pasiones y los mismos instintos. Es necesario percatarse de esta uniformidad en lo diverso para sabiamente saberla manipular en beneficio del Estado. Este escrito fue enviado personalmente por Maquiavelo dos veces a César Borgia, quien en ambas ocasiones le mandó llamar para discutir con él. Maquiavelo fue de ese modo testigo de las maniobras de Borgia para convertirse en príncipe de Florencia. Presenció, por ejemplo, su sangrienta venganza contra el capitán amotinado de su guardia, en el pueblo de Senigallia, el 31 de diciembre de 1502, hecho histórico trascendental que fue utilizado por Maquiavelo para escribir un nuevo texto: Sobre el modo adoptado por el Duque Valentino para asesinar a Vitellozo. Así, Borgia, como político y militar siniestro, cruel, violento y fuerte, capturó la imaginación del hombre público de Florencia, Maquiavelo, en más de un sentido. En consecuencia, entre Borgia y Maquiavelo se tejió una urdimbre natural, no solamente de complicidad y de mutua observación, sino de reflexiones y de abstracciones teóricas. César Borgia era implacable y resuelto, pero con ello había ganado el dominio —por conquista— no solamente de sí mismo sino de otros; y para Maquiavelo esto no pasaba desapercibido.

Pronto comenzó a adaptar las cualidades gubernativas del dictador Borgia, racionalizando sus tácticas y sus métodos para imprimir por medio de la palabra escrita, los ideales del nuevo Príncipe, el cual en visión racional y objetiva, fríamente calculada por Maquiavelo, debía recurrir a todos los medios, aun los más desesperados y terribles, para proveer su brillantez, de esperanza y fe, a la debatida y anárquica Italia; no solamente para prevenir sus males y defectos, sino apelando a la energía incluso hasta derramar sangre humana, para remediarlos y darles la solución necesaria.

Es claro que éste fue el origen de la idealización y admiración de Maquiavelo por El Príncipe, a pesar de que no fuese totalmente de la mano con la admiración por el ser humano, por el hombre. En todo caso Maquiavelo prefería lo concreto a las abstracciones, y solamente hacía uso de reflexiones, de razonamientos teóricos, cuando éstos podían conducir a soluciones prácticas que a su juicio fuesen inaplazables: prefería al hombre en sí que a la humanidad; su ideal, de tenerlo, se cifraba irrestrictamente sobre la fría y calculada evaluación de los defectos y virtudes de los hombres concretos, inmersos en la espiral de la influencia y del poder, en los roles de la autoridad, de la fama y la riqueza. Lo importante era la eficiencia, alcanzar buenos resultados, independientemente de cualquier otra consideración.

Cuando el papa Alejandro VI —padre de César Borgia— fallece en el año de 1503, y su sucesor Pío III poco tiempo después también muere, Maquiavelo es enviado a Roma por la aún República de Florencia, para asistir al conclave que habría de elegir al nuevo pontífice, Julio II, quien resulta ser un enemigo implacable. astuto y feroz, de los Borgia. Maquiavelo asiste fríamente e incluso colabora para derrumbar a César Borgia su héroe, supuesto guía y líder, al extremo de congratularse y celebrar su encarcelamiento. No mueve un solo dedo de influencia en ese momento definitivo para salvar a su ex protector: con la más fría y calculadora expresión de impersonalidad, lo sume aún más en la desgracia y en lo que será posteriormente el fango de su cautiverio, fuga, destierro, autoexilio y finalmente muerte en España.

Mientras tanto, en Florencia, Piero Soderini había sido electo gonfalonier, magistrado en jefe de por vida. Maquiavelo se propuso, a su regreso de Roma, ganarse su favor para llegar a ser su mano derecha y hombre de confianza. Su influencia, innegablemente favorable a los intereses florentinos, habría de redundar en la ejecución de medidas militares para la defensa de la ciudad-estado.

ebe mencionarse que por siglos los estados divididos de toda Italia habían hecho uso de tropas mercenarias en sus guerras locales e interiores. Maquiavelo, como gran observador y testigo de su momento histórico, no había presenciado en los mercenarios otra cosa que carencia de fidelidad, lealtad y disciplina, falta de escrúpulos y su enorme arrogancia de pretorianos. Por lo tanto, recurrió en más de una ocasión a la lectura, estudio y análisis de las empresas militares de la antigua Roma y su portentoso imperio, alimentando sus propias observaciones en misiones diplomáticas y políticas, Principalmente las efectuadas en la Francia de entonces, comisionado nuevamente en 1504. También hizo experiencias en La Romagna[3] donde, en la época de César Borgia, se habían reemplazado los mercenarios con levas forzosas de oriundos del propio territorio. Maquiavelo, pues, tenía herramientas para ser confidente político y consejero militar del nuevo gonfalonier.

Supo llevar a cabo su tarea con grandes y eficaces resultados para el Estado Florentino. Maquiavelo siempre había perseguido ardientemente la idea de dotar al Estado de Florencia de una imbatible milicia, reclutada entre los mismos habitantes bajo un control jurisdiccional como Estado. Los prejuicios de otros tiempos debían, por tanto, ser suprimidos y superados, al igual que la reticencia de los hombres humildes y pobres, quienes, desde luego, serían y fueron los principales afectados.

Debía reclutarse un ejército entre los florentinos, sus estados y ciudades vasallas y tributarias; armarlos y dotarlos de mando, fe, lealtad y anhelo patriótico a costa de todo. Soderini se entusiasmó con la idea de Maquiavelo y le confirió la autoridad suficiente para realizar tales propósitos. A su regreso de Roma se avocó a la tarea inmediata de maniobrar al lado de Soderini, para aprobar las reformas de las leyes respectivas, que en 1505 empezaron a cristalizar, Maquiavelo al llevar adelante esta idea no fue maquiavélico; cometió un serio error: más adelante cuando hubo que enfrentarse al ejército del Papa, los jóvenes y aldeanos florentinos dominados por su fe católica se doblegaron.

Es muy probable que este haya sido el momento cuando Nicolás se reunió, en dos ocasiones, con Leonardo da Vinci, quien, con el mismo interés, tenía grandes proyectos en materia armamentista y estratégica. También fue en ese entonces cuando Maquiavelo escribe un pequeño poema en tersa rima, o sea en un ritmo de tres versos lineales, a manera de llamado fervoroso y elocuente a la defensa armada de Florencia, de sus legados históricos y sus tradiciones. Florencia, su robusto corazón debe ser defendido y organizado militarmente bajo la dirección del Estado.

En 1506 la organización bélica de Florencia, aunada a su posición económica, crea un desequilibrio de fuerzas en el occidente europeo. Los otros Estados se sienten afectados y discuten el replanteamiento de la situación. El Concejo de los Nueve florentinos, el llamado I Nove, se crea jurídicamente para controlar. Maquiavelo es designado secretario principal. Para conseguir que no hubiese ninguna interferencia de tipo legal, Maquiavelo escribe el Discurso sobre la organización militar del Estado de Florencia, texto lúcido y sistemático, que es un, alegato erudito sobre el derecho del Estado a organizar su defensa.

Maquiavelo visita cada distrito de Florencia. Se encarga de la leva de hombres y la distribución del dinero. Inspecciona el uso de las armas, los ejercicios y entrenamientos, las movilizaciones y las maniobras. Pero el Estado florentino le reclama para una importante misión en ese momento, 1506; negociar con el papa Julio II para que sus ejércitos cesasen de amenazar a Florencia. El poderoso Julio II, aprovechando la debilidad fronteriza de Florencia, amagaba desde Bologna con tomarla, Por lo tanto, Maquiavelo debe buscar un pacto con Julio II y evitar el derramamiento de sangre y el dispendio financiero que el papado había llevado a gran extremo.

A principios de diciembre de 1507, el emperador del sacro imperio germánico, Maximiliano I, prepara una gran y supuestamente invencible invasión a toda la península italiana. El gonfalonier de Florencia, su dogo civil, no confía en sus propios embajadores diplomáticos y políticos ante las cortes de Maximiliano I y de acuerdo con Maquiavelo lo envía nuevamente a una misión más allá de los Alpes.

En su esforzado viaje Maquiavelo pasa a través de la actual Suiza, en donde tres días de observación le son suficientes para analizar, las características de la política y la organización social de los suizos. Observa de la misma manera, aunque en una escala mayor, a los estados alemanes; y a su regreso a Florencia, el 18 de junio de 1508, da a conocer su cuidadoso Informe sobre el estado de Germania. En este escrito, trabajado esmeradamente, compila innumerables datos e informaciones cualitativas muy valiosos para los jerarcas florentinos, con lo cual, de la misma forma que en su retrato político escrito cuatro años más tarde con el título de Retrato sobre el estado de Germania, Maquiavelo recogió con esmero y acuciosidad, serena y reflexivamente, las razones a las que se debían tanto la fuerza como debilidades políticas de la nación germana.

Eso hizo Maquiavelo: gracias a sus trabajos de índole oficial, realizados gracias a un talento político agudo que le permitió estar en primera fila en el escenario de la vida política más activo de su época. Observó, comparó, analizó, reflexionó metódicamente sobre personas, hechos, datos, informaciones cualitativas; sustentó tesis eslabonadas y coherentemente sistematizadas, estructuradas y las escribió, con lo que fue conformando paulatinamente una gran teoría política. Sus escritos patentizan este afán de hacer filosofía-política, como le llamamos ahora.

Las obras de Maquiavelo conmocionaron a los pensadores sociales de su tiempo, en particular a los políticos. Y desde entonces lo siguen haciendo ante quienes se ocupan de conocer su obra, como lo hicieran grandes personajes del siglo XVIII, como Napoleón, cuyas notas al margen de la obra principal de Maquiavelo, son célebres. Pero no nos adelantemos más.

A su regreso de las tierras germánicas, fue sorprendido con la nueva de que los florentinos —tratando de mostrar abiertamente su poder militar y su capacidad financiera— se esforzaban por recapturar Pisa la cercana Ciudad-estado. Esta había sido liberada temporalmente de sus obligaciones tributarias con Florencia por los mismos florentinos. Pero ahora, en virtud de los cambios geopolíticos, Pisa resultaba indispensable a Florencia en la demarcación de un entorno estratégico. No podía permitirse que Pisa fuese libre y cayese en manos enemigas, ya fuesen papistas o germanófilos. En la guerra entre estados papales y el sacro imperio romano germánico, la ciudad-estado de Florencia se había propuesto no solamente subsistir sino predominar.

Maquiavelo reorganizó las fuerzas armadas y al comando del propio ejército que había creado, marchó al frente de sus hombres con su habitual entusiasmo en cumplimiento del deber. Su presencia en el frente dio aliento y confianza a las tropas florentinas. Se llegó a temer que su popularidad pasara por alto los mandatos de los altos jerarcas florentinos. El Concejo de los diez le ordenó entonces que regresara a Florencia y dejara el campo de combate. pero Maquiavelo se negó argumentando que, sin su presencia, los florentinos pasarían del entusiasmo a la pesadumbre y melancolía y no tendrían estímulo para combatir de manera organizada como lo habían hecho hasta entonces.

Pisa capituló incondicionalmente ante los florentinos el 8 de junio de 1509. Los grandes jerarcas de Florencia reconocieron la autoridad de Maquiavelo. Los ejércitos florentinos se posesionaron de Pisa y como era costumbre, sobrevino el saqueo y la imposición de tributos a los vencidos. Maquiavelo y sus militares no tuvieron acceso siquiera a una ínfima parte de todo lo capturado que fue para los jerarcas de Florencia. Maquiavelo, inclusive, cuando en las negociaciones se le ofrecieron cargos y fueros en Pisa, con los cuales pudo haber lucrado, tan a la usanza de los tiempos, se rehusó a aceptar cualquier deferencia, no por arrogancia sino porque se daba cuenta que las ofertas de los que serían vencidos no eran sino migajas del enorme botín de guerra que pagarían.

Regresó de Pisa a Florencia, donde se le dio la comisión —para sacarlo de la ciudad mientras el reparto del botín se llevaba a cabo— de conciliar los intereses de Florencia con los de otra ciudad-estado, Mantua, la cual estaba a punto de ser invadida por las tropas germanas de Maximiliano. Llegó tarde. Al caer Mantua en poder de los germanos, regresó a Florencia, cuya situación independiente, controlando toda la Toscana y el centro-norte de Italia, parecía verse, cercada por dos fuegos: el de los invasores germanos y el de los mercenarios papistas. Ante el derrumbe de todo lo logrado en años, Maquiavelo apeló a los grandes de la República para buscar alianzas con otros reinos europeos. Obtuvo la aprobación de sus planes y salió hacia Francia como diplomático plenipotenciario, con representación urgente y de excepción.

En el verano de 1510, Maquiavelo se desesperaba por persuadir a Luis XII para concertar entre Florencia y los Estados Papales, bajo el papa Julio II, y evitar con ello el desequilibrio de poder en Italia entera, que podía arrastrar a Florencia a una guerra de supervivencia. Se esforzó por hacer comprender a los franceses que una Florencia neutral, pese a su republicanismo, era mucho más conveniente a los intereses galos, que una Florencia papista o germánica que reforzaría a estos dos últimos. Los franceses ignoraban los asuntos políticos de esa zona; sus preocupaciones se ubicaban más bien por el lado de España, de Navarra, Nápoles e Inglaterra, además era la época de la carrera por la conquista de los pueblos americanos. Por lo tanto, no respondieron a los urgentes llamados y peticiones de Maquiavelo y simplemente lo ignoraron.

Maquiavelo regresó frustrado a Florencia a fines de 1510, con su reporte oficial: Ritratto di cose di Francia, en donde evidenciaba que el anhelo secreto de los franceses era aliarse con los germanos en la guerra contra los estados papales; y tomar parte en el saqueo de los Estados de la península itálica. En su reporte final concluía que Florencia sería arrastrada a una guerra defensiva inicial para, más tarde, luchar contra los germanos y galos aliada con los demás Estados papales. Del análisis del gobierno francés, particularmente de su rey, Maquiavelo dedujo los más grandes errores que en política deben evitarse.

En virtud de esas reflexiones, resultados analíticos y experiencia, Maquiavelo urgió el inmediato rearme del ejército de Florencia. Y él mismo se dispuso, nuevamente, a organizar militarmente el poder florentino. Se convertía, otra vez a despecho propio, de ciudadano civil, en militar.

Maquiavelo amaba la paz y el progreso. Se inclinaba por negociar antes que recurrir a la violencia organizada. Pero en la mayor parte de las situaciones que confrontó en su vida, un tanto amargamente, los hilos de la historia le llevaron precisamente a destramar los papeles que menos eran de su gusto, aunque estaba, como pocos, apto para llevarlos a cabo.

En 1511 asumió sus deberes militares y continuó ejerciendo la Cancillería, a la par que atendía misiones extraordinarias de carácter político y diplomático, viajando incesantemente. Hacia fines del verano se presentó, una vez más, ante la corte francesa. Trató de persuadir a Luis XII para poner fin al Concilio Cismático que se había instalado en Pisa, la ciudad mártir que después de haber sido derrotada por los florentinos fue dejada en manos de los Estados papales, para conocer más tarde la dominación de las tropas mercenarias pagadas por los galos. De permanecer el concilio cismático eclesiástico en Pisa, Julio II, el Papa romano, amenazaba directamente a los florentinos con invadir sus dominios y retomar Pisa por la fuerza de las armas. Extrañamente esta vez Maquiavelo logró conmover la tozudez de los galos y convencer a Luis XII. Por lo tanto, regresó de la antigua Lutecia (París) directamente a Pisa, en donde silenciosamente y sin mayor ceremonia disolvió al Concilio Cismático que amenazaba con elegir a un nuevo Papa en reemplazo de Julio II. A pesar de que la decisión pacifista le favorecía, el Papa no cumplió su promesa y pasó por alto lo pactado con los florentinos.

La hora del derrumbe de la Ciudad-república había llegado. La libertad republicana sucumbió ante el tremendo poder militar de la Liga santa romana. Florencia cayó en manos de Julio II y se aprestaron a los saqueos, la persecución, los tributos y los castigos en masa. Soderini, el gonfalonier, fue destituido. Todos los poderes fueron disueltos. Florencia fue humillada en su autonomía.

A principios del año de 1512, auspiciados por el poder papal y como una mera gracia hacia Florencia, el clan de los Médici retornó a la ciudad como sus nuevos gobernantes. Lo habían sido antes bajo el liderazgo de Lorenzo hasta 1494, cuando cayeron junto con Savonarola a quien dejaron crecer en influencias y en el odio popular. El joven Maquiavelo había admirado el gobierno de Lorenzo. Los Médici fueron siempre muy poderosos económicamente en Florencia.

La caída

Con el desastre de la república, desde luego Maquiavelo cayó en desgracia; se le prohibió por escrito entrar al Palazzo della Signoria. Cuando un intento de golpe de Estado contra los Medici fue descubierto y conjurado sangrientamente, en los comienzos de 1513, Maquiavelo fue hecho rehén domiciliario acusado de complicidad. Su vida pendía de un hilo cada vez más delgado.

El nuevo gobierno monárquico le hizo asumir por la fuerza de la tortura responsabilidades que ni siquiera había entrevisto. Finalmente, se le encarceló en las mazmorras de un convento-prisión. Maquiavelo apeló alegando inocencia, pero las torturas lo "convencieron" de asumir la responsabilidad por culpas que no eran suyas. Declarado culpable se le incluyó en la lista de conspiradores, consejero instigador. La lista negra de inculpados era una enumeración de las personas relacionadas con el antiguo régimen. Maquiavelo sufrió cruelmente en la prisión y casi muere, hasta que un indulto especial lo sacó de la cárcel, de las torturas y del hambre. Se le instaló bajo vigilancia en su residencia particular. Pero la "fortuna", sobre la que escribió Maquiavelo, se presentó: Julio II falleció y subió al trono papal el cardenal Giovanni de Médici, con el título de León X. Maquiavelo giró en redondo: se hizo, como casi todos, partidario de los Médici.

Para la celebración de la coronación papal, Maquiavelo, antiguo republicano y antipapista, compuso un célebre y pío canto: Degli spiriti beati, de los espíritus benditos, o de las ánimas santas. Se hizo amigo del influyente hombre público y gestor de los Médici, el abogado Francesco Vettori, aprovechando sus antiguos lazos de unión en los momentos de la coalición florentina contra la invasión galo-germana, persona que era ahora el embajador florentino ante las cortes papales. Muchos temas tenían para conversar.

El cambio de poderes le había quitado todo a Maquiavelo. Debía recuperarse. En su mente estaba fija, como una obsesión, la idea de volver a ser alguien dentro del Estado. Reducido casi a la miseria, buscó refugio en su pequeña propiedad cerca de Florencia, herencia de su padre. En una de sus cartas a Vettori, una de las más elocuentes epístolas políticas y literarias, humanamente hablando, Maquiavelo describe su existencia como la de un paria en su propia tierra, un miserable en el mismo país florentino al cual había servido fielmente.

Un destino tan trágico como el de Dante. Describe asimismo las condiciones de vida de la gente pobre y humilde con la cual debía convivir. Describe en violentos contrastes el lujo y la miseria, la opulencia y el hambre; la realidad del sometimiento a un clan ávido de poder, en medio de un pueblo martirizado pero heredero del mejor de los legados culturales. En tal célebre carta, Maquiavelo despliega sus dotes literarias.

En el mismo estilo escribe la apelación a la gracia de los nuevos amos. Con sus dos famosos trabajos de 1513 escritos entre la primavera y el otoño: El Príncipe y Discorsi sopra la prima deca dei Tito Livio, figura desde entonces entre los más selectos pensadores de filosofía-política. Maquiavelo en estas dos obras, sobre todo en El Príncipe, lleva al más alto sitio la lucidez humana para explorar su propia naturaleza, sus afanes de poder y las posibilidades de escapar, mediante la creación de instituciones que limiten la tiranía de las ciegas e invariables pasiones humanas.

Sus pensamientos y escritos tienden, en los momentos más brillantes, a la fundación y progreso de la República. Pero no puede dejar de ser sensible como político, como escritor, pensador y como ser humano, a su propio entorno y a su momento histórico. Ríe cuando escucha hablar de corrupción: sabe que desde siempre está generalizada y que ha penetrado las instituciones públicas y privadas; de igual manera la debilidad de los pequeños Estados italianos, que viven bajo la amenaza constante de ser conquistados por la fuerza, por los países poderosos. Todo ello le hace ser profundamente nostálgico en relación con el porvenir; es decir un individuo profundamente utopista que languidece por un Nuevo Príncipe, que debe hacer realidad sus grandes sueños personales de redención florentina, toscana e italiana. El sueño de Maquiavelo es el anhelo conjugado de poder y progreso, de autoridad y mejoramiento, de cultura y prosperidad. Todo ello posible bajo la dirección de un príncipe prudente, responsable y sabio, a la par que enérgico y emprendedor.

Incluso la religión, que Maquiavelo profesa sinceramente, debe subordinarse al dirigente elegido y a las necesidades del Estado. Por lo mismo la moral deviene en instrumento del poder, para preservar al Estado. Maquiavelo propone dar preponderancia a las "Razones de Estado".

El Príncipe, cuyas ideas subyacentes son las mismas de los discursos, gana una gran reputación, gracias sobre todo a su concisión, a su imaginación viva y a lo irrefutable de sus aforismos siempre actuales. La obra de Maquiavelo discurre fríamente como hombre de ciencia, como un cirujano de la naturaleza humana, para desechar debilidades y suprimir los defectos en quien debe regir y gobernar. Por ello mismo en El Príncipe existe, a pesar de su intemporalidad, como libro de texto obligatorio para los políticos (para aquellos que no dicen lo que creen ni creen lo que dicen). En un contexto histórico y geográfico preciso: Europa del siglo XV y XVI, más allá de la Toscana y de su centro, Florencia. Desde ese micro universo que es su patria y su momento exacto, Maquiavelo se eleva a grandes alturas como pensador y escritor. Descubre verdades incómodas, que pertenecen por entero a la condición humana intemporal y sin restricción geográfica precisa. Por ello ciertamente es un clásico en su género, a la altura de Platón y Aristóteles, de César o Plinio, Marx o Lenin.

En El Príncipe existe como en ningún otro escrito de Maquiavelo, un afán de perdurar. La gran esperanza es que Lorenzo de Médici, el hombre fuerte de Florencia en 1513 se conduzca con sabiduría y ejerza el poder utilizando los medios políticos más adecuados. Personalmente Maquiavelo esperaba obtener, por esta vía, un cargo público para sostener a su familia y también —¿por qué no? — satisfacer la ansiedad y el amor por la acción y el placer. Pero esta gran esperanza se deshizo en el aire. Lorenzo no tomó en cuenta la obra y la hizo, como a Maquiavelo mismo, simplemente a un lado. Entonces, lleno de amargura, Maquiavelo dedicó sus discursos a dos ciudadanos florentinos privados y de menor estatura política y financiera, y lo ofreció al público en conferencias, en los jardines de Oricellari.

De esta época data la Commedia di Callimaco e di Lucrezia, y finalmente conocida universalmente con el nombre de La mandrágora, cuya última versión es del año de 1518. Esta obra ha suscitado multitud de comentarios y polémicas desde su estreno; Maquiavelo desarrolla una historia amorosa, pasional, que le sirve como pretexto para exponer "un tratado práctico y sabroso de estrategia política, sobre el arte de la participación, la manipulación, la persuasión y, finalmente, la conquista de una meta".

Maquiavelo no deja de representar en esta obra al conjunto de la sociedad de su época, sus rasgos de vileza, vanidad, venalidad y corrupción, particularmente en los hombres públicos, sean laicos, civiles, militares o religiosos. Utiliza la sátira y la ironía para mofarse, provocando carcajadas, alrededor de la podredumbre de los hombres y de sus instituciones consagradas. Pero inmediatamente, en medio de la risa hilarante, pasa a la pesadumbre, al dolor profundo y desconsolado por aquello que realmente envilece la vida de los seres humanos, el afán desmedido de poder y riquezas, abuso de autoridad y el mal uso de las influencias.

Con la muerte del Duque Lorenzo de Médici, renacen las esperanzas de Maquiavelo de reincorporarse y restituir su nombre y su obra. Sobre todo, porque el cardenal Giulio de Médici vino a ser el hombre fuerte de la exrepública. Maquiavelo consiguió ser introducido y presentado elogiosamente ante el cardenal, por el influyente político florentino Lorenzo Strozzi, a quien en gratitud le dedicó el diálogo titulado Del arte de la guerra de 1520. En esta pequeña obra, un verdadero opúsculo de erudición e ingenio, como en sus Discursos y en El Príncipe, Maquiavelo manifiesta la influencia de los grandes autores clásicos, que se combina, sabia y elocuentemente, con sus intensas experiencias en los asuntos públicos italianos y europeos.

El arte de la guerra es complemento de los dos grandes tratados políticos de Maquiavelo, los Discursos y El Príncipe. Ello no implica mengua a la obra que es un gran manual de artes militares y sus implicaciones políticas. En ella se manifiesta, además, el gran anhelo utópico de Maquiavelo de luchar y lograr la unidad de la Italia de su tiempo, como nación sólida. El gran ejemplo proviene de los tiempos de la república de Roma y de las ciudades-estados de la antigua Grecia. Este modelo lo vincula con los grandes anhelos humanistas de todos los tiempos, los que forman la raíz de toda la cultura política de occidente.

La reivindicación política

Maquiavelo logró su primer empleo reivindicativo, como gracia del clan Médici y de sus intermediarios políticos, al ser designado embajador en la cercana villa de Lucca, cargo de escasa importancia en comparación con sus posiciones anteriores. Pero al poco tiempo el cardenal Médici lo nombró historiógrafo y cronista oficial de Florencia. En noviembre de 1520 asumió esta posición con un salario de 57 florines oro por año, que fue aumentando hasta llegar a los 100 florines anuales. En ese entonces compuso sus Discursos de 1521 para el papa León X, en el que hace una minuciosa descripción de la organización de la administración pública y del gobierno de Florencia, inmediatamente después de la muerte de Lorenzo de Médici.

Luego fue comisionado al convento franciscano de Carpi. Su deber allí era insignificante, pero resultó inesperadamente importante porque Maquiavelo se encontró allí, con Francesco Guicciardini, quien fungía como gobernador de la cercana villa de Modena; y el encuentro redundó en un estrechamiento de la amistad de ambos, lo que repercutiría en los últimos años de Maquiavelo, para gloria de la literatura de la península italiana.

El papa León X falleció en diciembre de 1521, y el cardenal Giulio de Médici se consolidó como el amo único de Florencia, inclinándose a impulsar reformas ideadas por sí mismo, sin consulta previa al poder constituido oficialmente. Maquiavelo fue advertido en varias ocasiones de no oponerse a los deseos y medidas del cardenal, a riesgo de tortura y cárcel, por lo tanto, calló. Empero se le permitió 'la publicación del Discurso a León X de 1521. Después del fallecimiento del nuevo papa, Adrián VI, en el mes de septiembre de 1523, Giulio de Médici fue elegido pontífice con el nombre de Clemente VII. En ese momento Maquiavelo se había recluido para trabajar en su Historia Florentina, haciendo uso de sus cargos como historiógrafo y cronista de Florencia, escribiendo este texto fundamental, que de hecho es la historia oficial de Florencia.

En el mes de junio de 1525, sin embargo, ya estaba nuevamente presto para presentar al papa ocho gruesos volúmenes de escritos; recibió una gratificación adicional de 120 florines oro para estimular la continuación de un trabajo que lo mantuviera alejado de la política. Maquiavelo terminó la historia Fiorentina con una visión personal de los hechos históricos, escrita de manera sintética. Finalmente, la obra cayó en el olvido. Poco antes había escrito una comedia bajo el título de Clizia que no se representó, pero sí fue impresa. Es una comedia en la que Maquiavelo intentó satirizarse a sí mismo y a sus amoríos con Barbera, una cantante famosa que en ese entonces era la comidilla de Florencia.

En el mes de abril de 1526 Maquiavelo fue electo secretario de la organización Cinque Proveditori Alle Mura, un cuerpo magisterial de cinco personajes, constituido para la superintendencia y supervisión de las fortificaciones militares de Florencia. Más tarde, cuando el papa formó la Liga de Cognac contra el emperador del Sacro imperio romano germánico, Carlos V, Maquiavelo marchó con el ejército de Florencia para unir fuerzas con Francesco Guicciardini, brazo armado y hombre de confianza de Clemente VII. Ambos fueron impotentes ante las fuerzas del emperador.

Antes, cuando Florencia había conquistado su independencia por la gracia del papa Médici, Maquiavelo nuevamente abrigó esperanzas de volver a participar del poder; anhelaba ser nombrado canciller ejecutivo. Sin embargo, como hemos visto, se le tuvo la mayor parte del tiempo al margen de la política. Ello le dolió en el alma. En su amargura perdió inclusive el amor por la libertad y por su patria, lo que siempre le había sostenido moralmente como hombre íntegro. Inclusive su salud llegó a mermar grandemente.

La muerte

Después de la derrota que les infringió Carlos V, Maquiavelo enfermó gravemente y murió con el solitario alivio de la religión católica, el día 21 de junio de 1527. Tenía al morir 58 años.

Fue de mediana estatura, delgado, de cara un tanto huesuda y coronada por una frente amplia, ralamente cubierta de pelo negro. Llaman la atención sus orejas y los ojos: están atentos, alertas, percibiendo su entorno. La mente en acción, lúcida, fecunda. Sus labios fueron delgados y comprimidos en una sonrisa misteriosa y enigmática. Fue buen ciudadano, buen esposo y padre, pese a que su fidelidad no fue íntegra. Casó con Marietta Corsini, a finales de 1501 y procreó con ella cinco hijos. Como mencionó frecuentemente en sus escritos, amaba entrañablemente a su patria, a su ciudad nativa, más que a su propia alma; y tuvo una febril devoción y tormentosa pasión por el Estado.

Dice el ilustre mexicano Antonio Gómez Robledo, de El Colegio Nacional, en su prólogo a la 25 edición de El príncipe que: Es una verdadera lástima que Maquiavelo no haya podido vivir quinientos años en lugar de poco más de cincuenta, porque habría visto que no había razón para desesperar ni de su propia patria, ni del hombre en general. Habría podido ver, por ejemplo, la reforma radical de la Iglesia, en la cual no sólo no volvió a haber jamás un papa de la execrable estirpe de Alejandro VI, sino que abundaron los santos (uno de los cuales, San Francisco de Borja, bisnieto de aquel pontífice) .... Y habría podido ver también la gloriosa consumación de la unidad italiana, por las armas, es verdad, no había otro medio.

Más adelante agrega: Maquiavelismo ha habido y habrá siempre, y por generación del todo espontánea si esas prácticas y esa mentalidad ostentan tal nombre, es por haber sido estructuradas y escritas, por primera vez en la historia, en las páginas de El príncipe, lo cual demuestra una vez más, que no hay responsabilidad mayor que la responsabilidad del espíritu, y de la de su órgano expresivo, por lo mismo, o sea la de escritor. Maravilloso debe ser, sin duda, el poder de la palabra escrita, cuando unas cuantas páginas, las más mordientes de aquel libro, nos tienen hasta hoy en sobresalto y batalla.

La humanidad ha sido injusta con Maquiavelo porque nos colocó frente al espejo y nos duele reconocer las graves imperfecciones de nuestra conducta cuando actuamos en sociedad. En otros sectores de la ciencia, a nadie se le ocurre culpar a Roberto Koch de la tuberculosis porque descubrió el bacilo que la produce, pero en lo social nos es difícil aceptar que todos somos lo bueno y lo malo que puede ser un humano, pero así es. En política, según Maquiavelo, no hay más que un ciclo de tres formas sanas de gobierno que se transforman en tres degeneradas: del gobierno de uno (monarquía) al degenerar se pasa a la tiranía; al gobierno de pocos (aristocracia) se pasa, a la degenerada oligarquía; ésta da origen a la democracia que degenerando pasa por la oclocracia (gobierno de las multitudes) que produce circunstancias que permiten reiniciar el ciclo, aunque no de una manera idéntica. Más que iguales son análogas porque hay elementos nuevos. La duración de cada uno de los sistemas de gobierno puede ser corta o larga y conviene prolongar lo más posible una de las buenas formas a una de sus degeneraciones.

Frases célebres

Pocos ven lo que somos,pero todos ven lo que aparentamos.

Vale más hacer y arrepentirse, que no hacer y arrepentirse.

Los hombres ofenden antes al que aman que al que temen.

La naturaleza de los hombres soberbios y viles es mostrarse insolentes en la prosperidad y abyectos y humildes en la adversidad.

Todos los Estados bien gobernados y todos los príncipes inteligentes han tenido cuidado de no reducir a la nobleza a la desesperación, ni al pueblo al descontento.

La habilidad y la constancia son las armas de la debilidad.

El que es elegido príncipe con el favor popular debe conservar al pueblo como amigo.

Las armas se deben reservar para el último lugar, donde y cuando los otros medios no basten.

El que quiere ser tirano y no mata a Bruto y el que quiere establecer un Estado libre y no mata a los hijos de Bruto, sólo por breve tiempo conservará su obra.

En todas las cosas humanas, cuando se examinan de cerca, se demuestra que no pueden apartarse los obstáculos sin que de ellos surjan otros.

En general, los hombres juzgan más por los ojos que por la inteligencia, pues todos pueden ver, pero pocos comprenden lo que ven.

Dios no quiere hacerlo todo, para no quitaros el libre albedrío y aquella parte de la gloria que nos corresponde.

Los hombres olvidan con mayor rapidez la muerte de su padre que la pérdida de su patrimonio.

De vez en cuando las palabras deben servir para ocultar los hechos.

El vulgo se deja cautivar siempre por la apariencia y el éxito.

Que nadie provoque desórdenes en una ciudad en la ilusión de que luego podrá frenarlos a su antojo o encauzarlos según sus deseos.

Aunque el engaño sea detestable en otras actividades, su empleo en la guerra es laudable y glorioso, y el que vence a un enemigo por medio del engaño merece tantas alabanzas como el que lo logra por la fuerza.

Creo que el verdadero modo de conocer el camino al paraíso es conocer el que lleva al infierno, para poder evitarlo.

Cuando los hombres no se ven obligados a luchar por la necesidad, luchan por la ambición.

Cuando se hace daño a otro es menester hacérselo de tal manera que le sea imposible vengarse.

De la humanidad podemos decir en general que son volubles, hipócritas y codiciosos de ganancia.

Donde hay buena disciplina, hay orden y rara vez falta la buena fortuna.

El deseo de conquistar es extraordinario y natural, y quienes se complacen en ello cuando tienen los medios para cumplirlo son alabados en lugar de censurados.

El león no puede protegerse de las trampas y el zorro no puede defenderse de los lobos. Uno debe ser por tanto un zorro para reconocer trampas y león para asustar a los lobos.

El mejor procedimiento para sostener un estado consiste en poseer armas propias, halagar a los súbditos y mantener amistad con los vecinos.

El primer método para estimar la inteligencia de un gobernador es mirar los hombres que tiene a su alrededor.

El príncipe debe hacer uso del hombre y de la bestia: astuto como un zorro para evadir las trampas y fuerte como león para espantar a los lobos.

El que quiere ser obedecido debe saber mandar.

El único medio seguro de dominar una ciudad acostumbrada a vivir libre es destruirla.

En la medida en que el soberano legítimo tenga menos necesidad de ofender a sus súbditos, es natural que sea más querido con ellos; y si no tiene defectos extraordinarios que lo hagan odiar, es perfectamente natural que la gente lo desee bien.

En política, los aliados de hoy son los enemigos de mañana.

En tiempos de paz hay que pensar en la guerra.

En un gobierno bien constituido, la guerra, la paz y las alianzas son discutidas en tanto cuanto sirvan no para la satisfacción de unos pocos, sino para el bien común.

Es de gran importancia disfrazar las propias inclinaciones y desempeñar bien el papel de hipócrita.

Es mejor actuar y arrepentirse que no actuar y arrepentirse.

Es mucho más seguro ser temido que amado porque el amor es preservado por el vínculo de obligación que, debido a la bajeza de los hombres, se rompe en cada oportunidad para su ventaja; pero el miedo te preserva por un temor de castigo que nunca falla.

Hay tres clases de cerebros: el primero discierne por sí, el segundo entiende lo que los otros disciernen y el tercero no entiende ni discierne lo que los otros disciernen. El primero es excelente, el segundo bueno y el tercero inútil.

La ambición es una pasión tan imperiosa en el corazón humano que incluso si alcanzamos las posiciones más altas, nunca estamos satisfechos.

La experiencia siempre ha demostrado que jamás suceden bien las cosas cuando dependen de muchos.

La guerra debe ser el único estudio de un príncipe. Debe considerar la paz sólo como un tiempo de respiración, que le da tiempo para inventar, y proporciona la capacidad de ejecutar planes militares.

La guerra es solo cuando es necesario; las armas son permisibles cuando no hay esperanza excepto en las armas.

La patria se debe defender siempre con ignominia o con gloria, y de cualquier manera estará defendida.

La paz con la esclavitud es más pesada carga que la guerra con libertad.

La política no tiene relación con la moral.

La promesa dada fue una necesidad del pasado; la palabra rota es una necesidad del presente.

La tardanza nos roba a menuda la oportunidad y roba nuestras fuerzas.

Las viejas ofensas no se borran con beneficios nuevos, tanto menos cuanto el beneficio es inferior a la injuria.

Los cimientos principales de todos los estados son las buenas leyes y las buenas armas, y no puede haber buenas leyes donde no hay buenas armas.

Los hombres deberían ser tratados generosamente o destruidos, porque pueden vengarse de las lesiones leves, de las fuertes no pueden.

Los hombres trabajan o por necesidad o por elección, y se sabe que la virtud tiene mayor imperio donde se trabaja más por necesidad que voluntariamente.

Los prejuicios tienen más raíces que principios.

Los pueblos, aunque ignorantes, son capaces de comprender la verdad, y fácilmente ceden cuando la demuestra un hombre digno de fe.

Nada es más difícil de hacer, más dudoso de tener éxito o más peligroso de manejar, que comenzar un nuevo orden de cosas. El reformador tiene enemigos en todos los que se benefician del viejo orden y solo defensores tibios en los que se beneficiarían del nuevo orden.

Sobre el autor

Óscar René Cruz nació en el año de 1933.

En México Estudio licenciatura y doctorado en la Unam y Politécnico respectivamente.

Escribió su primer libro con cuentos y relatos en 1968, el segundo “La Taba” 1973.

En 1976 apareció su primer libro de palíndromos.

El segundo es un poema palindrómico, que ocupa toda la extensión del libro (154 páginas). fue publicado bajo el título de “Palíndromo-Total“.

En el año 2003 publicó la novela “Hombres con Alas de Cera”.

En año 2004 escribió un libro para promover la escritura a través de los palíndromos y en 2006 publicó sus Minificciones Palindrómicas, en las que se proponen nuevas formas de presentación de los textos, para reforzar la intención narrativa.

En año 2009 publicó su segunda novela “El presidente Olvidado”

Catálogo de Idbcom Publishing

www.idbcom.com

josercrevueltas@idbcom.com

Músicos

Johann Sebastián Bach.
Ludwing Van Beethoven.
Federico Chopin.
Niccoló Paganini.
Wolfgang Amadeus Mozart.

Pintores

Leonardo da Vinci.
Miguel Ángel Buonarroti.
Rafael Sanzio
Francisco de Goya
Vincent Van Gogh
Pablo Picasso
Grabados de Francisco de Goya

Escritores

Homero.
Dostoyevski.
Shakespeare.

Científicos

Galileo Galilei.
Albert Einstein.
Louis Pasteur.
Thomas Alva Edison.
Louis Pasteur.
Thomas Alva Edison.
María Curie.
Copérnico.
Charles Darwin

Políticos

Nicolás Maquiavelo.
Napoleón Bonaparte.
George Washington.
Pancho Villa.
La Malinche.

Literatura

La Ilíada.
La Odisea.
La divina Comedia.
El cantar del Mío Cid.
La Celestina.
El Lazarillo de Tormes.
El retrato de Dorian Gray.
Frankenstein o el moderno Prometeo.

Marianela.
Doña Perfecta.
Moby Dick
Helen Keller
Pepita Jiménez
Trafalgar

Obras de Óscar René Cruz

1954 el origen de la tragedia guatemalteca.
El primer presidente indígena de Guatemala.
Pelea de perros.
Minificciones Palindromáticas.
Autobiografía

Otros

Coronavirus la tormenta perfecta. José René Cruz
Navidad en las montañas. Manuel Altamirano
Francia: raíces teóricas de mayo del 68. Andrea Revueltas
Hernán Cortés. Francisco López de Gómara

Libros en inglés

Coronavirus: The perfect storm
Albert Einstein.
Marie Curie
Christmas In the Mountains.
The Iliad
Louis Pasteur.
Thomas Alva Edison.
La Malinche.
Francisco of Goya's engravings

www.ingramcontent.com/pod-product-compliance
Ingram Content Group UK Ltd.
Pitfield, Milton Keynes, MK11 3LW, UK
UKHW022010190726
13853UKWH00004B/1856

9 798799 971557